泰子

水出みどり

思潮社

泰子

水出みどり

思潮社

泰子

水出みどり

目次

Ⅰ

記憶について　12
はるかなものを　16
ひそかに　20
白い舟　24
屈折　28
水の棺　32
決意　36
ことば　40
囀っている　44

夜の会話　48
かすかに　ひかって　54
ひとつの声が　58
眠りの街に　64
湯気やわらかく　68

II

夢の責任　74
母のそのまた母の　80
泰子　86

装幀＝思潮社装幀室

泰子

I

記憶について

亡き母や
親しかった友人の
言葉の訛りを
そのぬくもりを
あたためている

「おまえが死んだら、
誰が彼女のことを
思い出すのだ？」＊

樹が立っている
風が吹いている
樹が立っている

こんな夜
樹が立っている
ゆれる黒い影になって
ゆれ動く記憶になって

＊エミール・クストリッツア『オン・ザ・ミルキー・ロード』
笠井美希遺稿集『デュラスのいた風景』（七月堂）

はるかなものを

夜明け
風が戯れている
生まれるまえの
言葉と
戯れている

無辺に還ったひとの
夢に
世界は囚われて

水面に
生まれようとするものの
祈りが

低く流れ
稚魚の
ひかる鱗が
夜明けをはじいている

波は
トレモロとなる

風は呼ぶ

とどかない
はるかなものを

ひそかに

夜が満ちる
闇はしなやかな
狂気をはらんでいる

吃音の問いが
こだまする
深夜

睡りのなかを
はてしなく落ちていく
とらえられない

影がある

睡りのなかは
ほの明るくて
かすかに
火明かりがみえる

はるかむこうに
ひそかに
烽火が
あがっている

白い舟

死が
みじろぐ
かすかに
けれど確かに
わたしのなかで

夜明け

かかえきれない
記憶をのせた
白い舟が
ゆっくりと
空へのぼってゆく

屈折

水晶体の海
朝
霧のなか
白いもやの間欠泉が
吹上げている

とらわれた形象が
音もなく
墜ちていく

机　椅子　本が
ゆっくりと
傾きながら
墜ちていく

水晶体の海
半音階に
ふるえる波が
ひかりを
屈折させている

水の棺

道代さん　どうしました
文字盤を片手に看護師が駆けつける

オチヤ　ああ　お茶　のこと
お茶がのみたいのね
イエスなら私の手をにぎって
(道代さん　嬉しそうに握手する)

お茶といっても
緑茶　ほうじ茶　ウーロン茶　そば茶
カナの文字盤からこぼれた言葉が

散らばっている
「舌もおおきな筋肉です
鍛えなければ声を失います」*

明るい真昼
水の棺が沈んでいく
語り得なかった言葉たちが
あわだち　ひかりながら
消えていく

*『夜更けわたしはわたしのなかを降りていく』（二〇一七年）

決意

放物線が
晴れた午後を切る
振り返ることのない
いさぎよい弧のかたち

思いつめ

はりつめたものの
美しさを

ふるえながら
なぞる
白い手がある

ことば

夜
ひそかに
音階をひろうものがある
毀れた音階を

はるかな日　呑みこんだことば
呑みこんだ声が

ゆらゆらゆら
揺れて
ふいに音階を駆けのぼる
夜は
ひとつの合唱となる

囀っている

さえずっている
ほの明るい夜明けの空に
小鳥がさえずっている

さっきまで
けたたましく啼いていた
カラスの群れが去ったあとの
わずかな空間に
小鳥がさえずっている

三羽
それとも二羽
大きさは雀くらい

色は

わたしはまだベッドのなか
カーテンも開けないベッドのなかで
聴いている

けれども
わたしは知っている

夜明けまえ
まだ生暖かい夢を
かすかに罪の匂いのする夢を
ついばんで翔んだ
小鳥がいたことを

夜の会話

まあちゃん
川の水流れているでしょ
きらきらひかって面白いね

そうそう

まあちゃん
これ　なんだろう

これ面白いよ

ああこわれちゃった

夏子さん　これは大切な　ナースコールです

放り投げないでください

そうそう

揺れている　揺られている
ここは小舟のうえ
月光が
波を白くかがやかせている
揺れている　揺られている

冷たい
だれかが叫ぶ

舟に乗っていたのは

海に墜ちたのは
わたしだけではなかった

大きな流木に挟まれ
一瞬遅れてだれかが叫ぶ

叫んでいたのは
昨日入院した京子さん

同じ夢を　一瞬遅れて
見る

京子
痛い

どうしたの……
　京子さん　どうしたの

同じ夢を
　一瞬遅れて見る
叫んだのはわたしだ
痛みに弱いわたしだ

かすかに　ひかって

通路は
暗渠につづいている
水の音がきこえる
葬った
記憶のかけらが

流れていく
揺れながら
流れていく
かすかに　ひかって

ひとつの声が

ひとつの声が消えた
つつみこむように　やわらかな
その声

しだいに　あなたの言葉は
毀れた玩具にも似て

組み立てられなくなった
バラバラになった言葉の
なんと鮮やかだったことだろう
ひたすら耳を開いて
あなたは

散乱する記憶を聴いていた
ひとつの声が消えた

真昼を
音のない川が流れる
ゆたかに深さを増してゆく

透明な水が
あなたの
言い得なかった言葉のまわりに
やさしく泡立ち
唇のかたちを象る

うすい耳が
花びら
のように
流れてゆく

眠りの街に

ゆれている
眠りの街に
降りつもった
夢の影が
ゆれている

毀れた歌
屈折する狂気が
散らばり

きらめいて
夜明けまえ
ひっそりと
夢の襞を
つくろう
ほそい指がある

湯気やわらかく

戸をあける
湯気があたたかく
湯気がやわらかく
わたしをつつむ
つつまれ　つつまれる
わたし　わたしのこころ

貸しきり家族風呂
ほのぐらいなかに手足を伸ばし
頸　までつかって
夫が　微笑っている
その白髪を
湯気がやわらかくつつむ

「三年でみどりは泣いて戻って来る」
結婚に反対だった
最後まで反対だった兄の
今は亡い兄の言葉が
湯気のなかにゆれている

結婚記念日
二十五周年
つつまれ　つつまれる
湯気　やわらかく
湯気　あたたかく

II

夢の責任

「ちょっと行ってくるから」
夫は耳元で囁くと駆けだしていった。
その後ろ姿が子供っぽくみえる。

ここは夜の地下街。ショーウインドー
に　ペンダントがかがやき　隣には鮮
やかな色のブラウスが揺れ　ときおり
若い男女が笑いながらとおっていく。

それにしても遅い。夫はどこへ行って
しまったのか。足が痛い。

気がつくと朝。私も夫も布団のなか。
「どこへ行っていたの？」

「どこへ行ったのだろうね」

夫は面白そうに笑う。

「足が痛くなるほど待ったんだから」

まだ怒っているわたしに

「夢にまで責任はもてないよなあ」

夕暮れ　下町の商店街
〝南六条西九丁目〟
お守りみたいに胸にだいて　久しぶり
に　わたしはただ一軒だけの親戚　さ
くらちゃんの家を訪ねるところ。
近所の木造の家はマンションに吸収さ

れても　さくらちゃんの住むあの　な
つかしい二軒つづきの長屋は　まだ健
在とのこと。

さくらちゃん。むきたての卵みたいな
肌。笑うときには喉の奥が見えそう
になるまで上を向く。私たちの結婚に
は　とうさんと、万歳三唱しました、
とよろこんでくれた。

下町の商店街。
まだ灯のともっている店がある
お米やさん。

「ここは何条ですか？」

「何升？」

「はい。ここは」

「お米は一升〇〇円だよ」


「なにが困ったの」

と　夫の声
こんなところで夢の責任をはたす。

母のそのまた母の

湯船のなかで姉が真剣な顔をしていう。

(おへそをいじったらダメ)　おへそをいじったら必ず病気になったというのだ。

子供時代姉は体が弱かった。往診の医師が慌ただしく出入りし時に看護婦が泊まり込んだこともあった。姉の言葉には説得力があった。


わたしは姉が大好きだった。

生まれるまえにおへそで母とつながっていたと教えてくれたのも姉だった。

おへそは触れてはいけない神聖な場所となった。

(雷が鳴ったらおへそを隠せ)

おとなの言葉も抵抗なく信じられた。
ときにわたしは年の違う姉たちの会話に
背伸びして入り込もうとする。
（これはまだみいちゃんの生まれる前の
話なの）みえない扉が閉じられる。
扉の外側でわたしは叫んだ。

（おへそのなかからのぞいていたよ）

母のおへそからみた
まあるい午後
揺れる木漏れ日の影
岩に砕ける波のしぶき

ひっそりと煌めきながら
睡っている

十一年まえわたしは転倒した。検診の帰り病院の廊下で。むきを変えようと足を踏み出したとたん地面がない。

(大丈夫。血圧が104あれば大丈夫)

駆けつけた医師の声がする。

ながい病院の夜　わたしはへその上に手をのせて母のそのまた母のその母の母の母の母のいのちの温もりに触れたいと願った。胎生の海は昏く泡立ち　祈りのように唄のようにわたしを揺すった。

泰子

父は最愛の妻を亡くした後
瞳のきれいなひとと再婚した
このひとなら残された子供達も
懐くだろうと
だが三年後離婚
生まれたばかりの（泰子）が残された

父はその後
泊まり込みで赤ん坊の世話をしていた
親戚の娘（母）と再々婚する
母が結婚に同意したのは
父に好意を持ったからではなく
（泰子）の愛らしさ
この子を誰にも渡したくなかったから

妻という型にはめんとし給うやひたさみしかり唯々としてあれど
重い箱棚から下ろし子等のため雛段かざる今日の夫は
木曾川を船にて下ると旅先の背がひとふでの便りうれしも
漸くに背がふるまいの親しかり長き年月偕に棲みしか
すこやかに遊べる泰子いたつきのよくぞ癒えしと見つつさしぐむ
いそいそと手紙を出しに行く吾子よ角曲るまで見送りていし
まあこの子は白いワイシャツすっぽりと着込んで床やの真似をしている
母に云われし言葉なりしも母となりてそのまま子にいうわれのおかしさ＊

雲が流れている
春めいた明るい空に
雲が流れている

白い雲が流れている
長野の姪からメール
母の最後のうつくしい顔をご覧下さい

雲が流れている
流れている
白い雲が流れている

わたしは五歳上の泰子姉ちゃんが　大好きだった
いつもちょこまか　後を追いかけ
姉の云うことはなんでも真似をした
ただいまと姉が学校から帰るのを待ちかね

子犬みたいにかけだし飛びつき
固く抱きしめられるのを日課とした
わたしが熱をだしたとき
姉は実にこまやかな優しさで看病してくれた
おかずを小さくちぎり食べさせてくれた

姉の小学校時代の作文を見つけた
妹はみどりといいます
すこぶる　かわいいです
覚えたばかりの言葉を使いたかったのだろうか
すこぶる　だけが　おおきく踊っている

姉の出生の秘密は
姉が結婚のため長野に発った朝

母から聴いた　はじめて聴いた

雲が流れている
流れている
すじをひいて流れている
白い雲が流れている
泰子　姉ちゃん死んだ
泰子　姉ちゃん死んだ
泰子　姉ちゃんが死んだ
細長い雲が流れている
後を追いかけるように
ちいさな雲が流れてきた
薄いすじをひいて
幼い日のわたしに似て

＊水出千代歌集『日をふるままに』（私家）

＊「泰子」が誕生しなければ私も存在していない。本作は当初詩誌「詩的現代」九号（二〇一四年）に発表した作品を姉・泰子への追悼詩として書き改めたものである。

初出一覧

Ⅰ

記憶について　「詩的現代」28号　二〇一九年三月
はるかなものを　「まどえふ」32号　二〇一九年三月
ひそかに　「詩的現代」26号　二〇一八年九月
白い舟　「詩的現代」27号　二〇一八年十二月
屈折　「詩的現代」25号　二〇一八年六月
水の棺　「詩的現代」29号　二〇一九年六月
決意　「詩的現代」24号　二〇一八年三月
ことば　「まどえふ」30号　二〇一八年三月
囀っている　「詩的現代」23号　二〇一七年十二月

夜の会話　「まどえふ」31号　二〇一八年九月
かすかに　ひかって　未発表
ひとつの声が　「まどえふ」創刊号　二〇〇三年八月
眠りの街に　未発表
湯気やわらかく　「詩的現代」22号　二〇一七年九月

II

夢の責任　未発表
母のそのまた母の　「詩的現代」5号　二〇一三年六月
泰子　「まどえふ」29号　二〇一七年九月

水出みどり（みずいで・みどり）

現住所

〒〇〇五―〇〇一六　札幌市南区真駒内南町四丁目五―三アウルコート真駒内T05　菊地方

泰子《やすこ》

著　者　水出《みずいで》みどり
発行者　小田久郎
発行所　株式会社思潮社
〒一六二—〇八四二　東京都新宿区市谷砂土原町三—十五
電話〇三（三二六七）八一五三（営業）・八一四一（編集）
FAX〇三（三二六七）八一四二
印刷所　三報社印刷株式会社
製本所　小高製本工業株式会社
発行日　二〇一九年八月三十一日